張志中水墨

门外画谈

——《张志中画集》序言

冯牧

　　我很高兴《张志中画集》终于获得了出版的机会。作者出于对我的信任，也由于我多年来一直把他视为自己的忘年之交，因此，当他希望我为他的第一本画集短序时，我贸然地答应了。我乐意这样做，并不是因为我自认为有能力为他的独具风格的创作成果做出多少有分析有见地的评论来，而更主要的恐怕是由于我常常是他的许多不同题材和不同笔法的作品的最早的鉴赏者之一。我乐意这样做，也还由于早在二十多年前，当张志中刚刚以自己执著的追求步入艰辛的美术创作生涯时，他就把我当作是他的艺术实践和创造实践的一个可以信赖的评判者和鉴赏者。因此，我这样说大约不是夸大之辞：在他的许多朋友和同道之中，我是亲眼看到他通过许多年孜孜不倦的劳动和精进不已的探索后终于寻觅到自己的艺术道路和艺术天地的为数不多几个人中的一个。因此，我虽然欣赏前人顾炎武在《日知录》中讲过的一句话："人之患在好为人序"，我还是愿意在他的画集之前讲几句"门外画谈"。

　　首先，想说的是，《张志中画集》的出版，既使我感到欣慰，又使我产生了一种终于得遂心愿的感觉。张志中早就应当像他的许多同代人那样，举办自己的画展和出版自己的画册了。但是，他没有这样做，或者是不可能这样做；以至于他作为一位卓有成就的画家，在国内美术界的名声反而不如他在美国和欧洲那样响亮，那样为人所欣赏。这一半是由于他的性格使然；他从不愿意趋时骛新；从来淡漠于名利场中的角逐；他也从来没有像许多画家所具有的那种"敝帚自珍"的习惯，因而他的不少精心与得意之作也往往是散失无存。我高兴地看到，包含在这本画集中的作品，虽然篇幅不多，搜罗不全，但所选用的都是我过去看到过的可以代表作者画风的佳品和精品。通过这些过去曾经激起我的欣悦之情的作品，大致可以看到，这位已过不惑之年的画家，是如何在坚实的绘画基础上努力运用和发挥民族绘画手段，来开创自己独具风彩的艺术世界的；也可以看到，一位热爱艺术、刻意创新，同时又对祖国山河大地饱含深沉的挚爱之情的艺术家，当他

墨 荷
1992年
48 × 136cm
竹宣纸 水墨

把自己的全部真诚和才智倾注于他所要表现的现实生活时，可以使他心目中的人物、花卉、山川、峡谷、水乡、村落、溪流、疏林、荒原，焕发出多么富有生机、多么令人愉悦的光彩来。在当今的国画家当中，张志中在选择题材上应当说是比较广泛的。他既画山水和花卉，也画人物。但不论他笔下荷花、山村、溪流，或者是庄子和杜甫，都使人产生这样的感受，展现在我们眼前的令人耳目一新的画面中，常常具有一种属于画家所独有的艺术魅力和精神世界，一份蕴涵在画面深处的作者对于所要表现的客观对象的深挚感情。看来，画家所追求的，已经不只是一种富有民族特色的技法和笔触，而且也包含了一种如同我国古代美术家所倡导的"风神骨气者居上，妍美功用居下"的深刻哲理。我注意到，他的所有的佳作几乎都不是以宏大繁复的画面结构取胜，而常常是在刻意追求一种神韵和意象的内在的美。同样荷花，或在风中，或在雨下，或值清秋，或遭霜摧，或斑彩绚烂，或凋零萧瑟，却都能给人带来一种各具韵味和风骨的艺术感受。一条在荒凉峡谷中流淌的小溪，一座蜷伏在塞外冬日之下的荒村，一角在狂风怒吼之下的苇滩，一片叶落枝枯的疏林，一支停泊在风雨飘摇的寒江之中的木舟……这些在现实生活中看来都不会引人瞩目的平凡景物，在画家的朦胧而又明晰的笔墨渲染下，无不具有一种充溢着生命活力和朴素之美的艺术魄力。而展现在我们眼前的那些人物，不论是大梦方觉或是临渊观鱼的庄周，也不论是心怀故土的苏武或是忧心如焚的杜甫，都截然有别于某些流行画家笔下人的千人一面的单薄形象，而大都是具有一种各自不同的哲人或诗人的心灵和面貌。前人时常说，"丹青难写是精神"，而这些人物画的独特动人之处，恰恰在于画家能够以自己洞彻入微的眼光和手笔，描绘除了可以使人体察和感知得到的人物的精神与气质。而要做到这一点，仅仅满足于形象的逼真是远远不够的；只有按照中国历代画家所热衷追求而又难于做到的"以形写神"的准则，才能突破传统中国人物画家的局限和樊篱，进而达到一种新的境界。在这方面，我以为，张志中进行了勇敢可贵的探索与尝试。

收辑在这本画集中的作品，基本上都是以中国水墨画的技法创作而成的。我们从这些作品可以明显地看到一个值得注意的特点：作者既重视中国传统水墨画技法（特别是写意画）的长处——常常突出地表现在描绘和晕染的巧妙结合上；但同时又不满足于这种传统技法的往往流于单调与浮泛的局限，于是，他努力在探求一种最大限度地发挥写意笔法效果的同时，力求以其他一些技法（包括水彩画和木版水印画乃至抽象与变形的技法）来丰富自己的表现手段；这些尝试和实践大大地扩展和加强了他的艺术语言。在这方面，效果较为突出的，恐怕首先表现在他对于荷花的描绘上。这也就是为什么他所创作的多姿多彩的荷花特别受到人们的喜爱和青睐的原因。古往今来擅于画荷的画家不可胜教，但张志中笔下的荷花却常常给人一种摇曳多姿、风骨迥异、一支独秀的美的感受，我认为主要是由于他既能熟谙前人传统画荷的精髓，而又能够根据自己对于荷花的深切体察和感受，而勇于以多种技巧来突破和丰富传统技法，从而能够给荷花赋予一种新的生机与活力的缘故。可以看出，张志中的这种探索与创新不但表现在画荷上，也表现在其他许多题材的作品创作上。他懂得，所谓"写意"，其内涵实际上应当远远大于这个概念本身；真正的富有独创性和生命力的"写意"画，不但要求写出真实的形体和意象，而且应当以一种作者所特有的气韵和风骨，表现出作者对于生活现象的深入精细的观察和理解，表现出作者对于自己所描绘的美的事物的真诚深挚的感情来，只有这样，才能够做到对于前人的创造有所增益，有所突破，进而开拓出自己新的艺术境界来。

我认为，张志中在自己的创作实践中正在进行着这样的突破与创造。他重视前人的经验，却从不满足于对于已有艺术模式的模拟与依傍。我以为他为自己选择的道路是正确的。这正如老托尔斯泰所一再说过的那样："正确的道路是这样的：吸收你的前辈所做的一切，然后再往前走！"

我看到，张志中正在这样的道路上往前走。我希望，在今后的创作历程中，他也能够永远以坚实的步伐朝着这个方向永不停息地往前走。等待着他的，将是一个更加广阔、更加丰富的艺术天地。

1991 年 5 月 11 日写 9 月 20 重抄

和冯牧先生
1989 年
北京 冯牧先生寓所

庄 子
1983 年
1986 年
美国西雅图　中国现代艺术展
私人收藏

走向
自由境界

——读张志中的画

邵大箴

张志中的名字和作品早已为画坛所熟悉。在改革开放初期，他参加过追求艺术创新的青年美术社团"星星画会"的展览，之后他陆续在国内外的许多展览会上展示作品，多次在国外成功举办过个展，还出版过几本画集。著名的文学评论家冯牧先生1991年为他出版的画集撰写序言，称他是"一位卓有成就的画家"，并说"他重视前人的经验，却从不满足对已有艺术模式的模拟与依傍……等待着他的，将是一个更加广阔、更加丰富的艺术天地。"十多年过去了，张志中在艺术实践中所做的探索和取得的成绩，验证了冯牧先生的预言。

张志中幼年爱好艺术，青少年时期在中央美术学院附属中学受过多年学院的、中西融合式的艺术教育。这段学历对他的艺术成长道路产生了不小的影响。积极的方面是使他开始懂得"形"，而"形"是造型艺术（不分中西）的基本点，不懂得或不掌握造型能力，别的无从说起。可是附中在培养学生造型技能的过程中，一度采用了被曲解了的俄国契斯恰科夫素描教学法，束缚了学生认识客观物象和把握客观物象的能力。对此，张志中发表在1986年《江苏画刊》上的一段文字有过这样的批评："回忆年幼，身在穷乡，几本小人书，一册芥子园，便是画画儿的启蒙之物。仿而效之，无非用线勾摹物象的轮廓，偶见土地庙的神像或民间流传的年画一类，莫不见'线'的威力。待到后来入'科'，在严格的契斯恰科夫体系训导之下，却道世间原不存在什么'线'，只有'面'的转折和衔接。……洋极而土，即如毕加索、马蒂斯一类为世界所推崇的大师，在其作品中却似乎看到城隍庙或木版画的影子。此时心中未免大惑，以往的根基亦随之动摇。进而怀疑，画儿这东西，可是学得！"

这段话讲了两个艺术中实质性的问题：民族传统艺术造型的基本要素——线的作用和学画的方法。画画这件事，其技能和技巧是可以模仿、传授和学习的，但画画的创造性只能靠启发和引导，难以传授，主要靠学画人自己去体会和领悟。即使技能和技法，也各有体系和门户，难求千篇一律。契斯恰科夫教学法培育了不少俄国杰出的画家，用削尖的铅笔在纸上精心抠出几十个"面"的方法，并非是契氏素描法的要领。张志中敏锐地注意到学院教学的缺陷，领会到民族传

统艺术最重要的是自由创造的精神。从20世纪80年代中期到今天，张志中这二十年的艺术历程中所孜孜以求的，正是这种精神。

当然，一切自由，包括艺术创造中的自由，都必然受到一定法则或规矩的制约。张志中的作品融会了多方面的因素：民族传统绘画（匠人画和文人画，工笔画与写意画，院体与民间绘画）的表现方法，西画（古典和现代，油画、水粉、水彩与版画）的技法和技巧。他主要运用，同时适当用墨与彩渲染。他作品中的题材内容很广泛，有古代（如"红楼梦人物系列"）和现代人物（如《齐白石像》和"人体系列"），有山水（如"海滩系列"）、动物（如"人马系列"）和花鸟（如"荷花系列"）。在作品中他关注形的塑造，更重视意的表达，追求写意性和神韵。他有很强的书写能力，他同时运用其他手段，制造和渲染艺术效果，以加强表现力。他用笔稳健、实在，但同时很轻松、灵动，画面形象清晰、明朗，而整体效果浑厚、整体，耐人寻味。

张志中在实践中品尝着自由创造的愉悦，但也肯定饱受自由创造的苦恼。自由创造的天地是那样的广阔，可以任凭自己去驰骋才智，但其境界又是无限的，它的高处始终可望而不可及。看来，张志中这位有思考、有悟性，又勤于实践的艺术家，正是在愉悦和苦恼中走过了几十年的艺术道路。

相信他今后还会这样往前走，走向"更加广阔、更加丰富的艺术天地"。

2006年8月于北京，中央美术学院

中央美术附中 62 届合影
1962 年 10 月
北京　中央美院附中

"文革"接受"再教育"期间
的部分美院附中同学
1970 年 6 月
河北　蔚县

坚韧的游吟者

——张志中水墨艺术简说

剑　武

在人类历史的广阔天地间，总有一类人在期间游荡着，从古到今。他们极活跃，因此而无从把握；他们极执著，因此而不可估量。这一类人，武者人们称之为游侠，文者谓之曰游吟诗人。

总是在那些危急关头，总是在一片刀光剑影中，游侠电射而出，从天而降，路见不平，拔刀相助，除暴安良，力挽狂澜，一方称快。事毕，他则悄然转身，飘然而去，如孤鸿，如轻烟……

游吟诗人也是居无定所，或行吟泽畔，或长啸山野，如幽灵般行走在大地上，在风中传播着他们的所见所闻所思所想，历史、传说、寓言、预言由此而得以传承……

多少个世纪过去了，游侠演变成了依合同行事的枪手，游则游矣，然德性淡然，侠义无存。游吟诗人变成了靠稿费过日子的行货写手，游则游矣，然诗性低迷，个性无存。

游侠之道义光辉，游吟诗人之诗性光辉，只在人的追慕之中。

追慕之，便不难从生活中发现侠义犹在，诗性犹在。因此，我们十分珍惜见义勇为者，我们十分推崇潜心于学术者、痴心于艺术者。

日前，又一次与张志中兄聊天谈艺，完整地拜读了他各个时期的作品，有一种体味诗性的感觉。我觉得，在当今美术界，张志中可以说是一位不可多见的游吟者。这么多年来，他坚韧而又沉着地行走在山道上。

认识张志中，大约在20世纪80年代末。因为孟庆谷兄的介绍，使我们一见如故，畅所欲言，了无隔膜。我们一起谈艺术，也一起谈文学。在美术界，能够从诗性的角度观照艺术、观照美术，并进而深入人生与哲学互参的堂奥，如张志中之才学，还是屈指可数的。

自董其昌提出南北宗，且崇南贬北，提倡书卷气以来，中国美术一直为文学所统帅。无论是形式上的"诗书画印一体说"，还是内涵上以诗性境界为绝妙处，都是以笔墨形式载文学之道。这绝不是文人当政可以完全解释的。所以，中国古典文论、中国古典诗学典籍汗牛充栋，而画论著述则寥寥无几。和光芒万丈、长歌千年的中国画创作比较，也是乏善可陈。

不知自何时开始，中国美术高标独立性。有人走出去，有人被请进来，西方美术从基本原理、技法手段、材料等等，被全盘舶来。所以，中国美术的独立品性从一开始就处在两难境地：从传统继承衣钵，虽拥风神却不能遗世独立；脱离传统，又投入了西画的怀抱，处异域而行路艰难。"85"新潮以前，苏俄美术与写实绘画独占"春光"，政治和社会于美术所求近苛，致使中国美术割舍了与传统文化及自身传统的脐带。近二十年来，西方现代艺术挟思想潮流之威力，把中国美术的阵脚冲击得七弯八扭，而市场经济的软硬兼施，更使中国美术与传统的联系名存实亡。诗性的光辉越来越暗淡。

毕业于中央美院附中的张志中被文化大革命断送了深造的可能，但他没有自行了断追求，在文学修养与诗性体悟的道路上且行且止。这方面，不能不提到散文家方纪先生与理论家冯牧先生。两位文学大家对他的影响是巨大的。方纪先生是他的大舅，是他在文学方面的启蒙者。这位从延安走来

杜甫
原作1985年
复制2001年
48 × 136cm
竹宣纸　水墨

的作家把自己关于古典文学方面的才情完整地展示给了他；而冯牧先生自文化大革命后期开始对于他的指点，可以说是这位老人晚年进入化境以后，把全部的智慧与功力转化成了诗性的点化。所以，冯牧先生在他不多的美术评论中，有关于张志中的专论。许多年以后，我依然记得他以唐人张怀《书议》名句"以风神骨气者居上，妍美功用者居下"，对于张志中作品的褒勉。

正是因为所受文学影响来得高远，张志中对于诗性境界的追求既不是外在的，也不是匆忙的。在他的作品中，诗性的体现来得饱满，行得隽永。他的水墨人物创作前后有三个系列，开始是人体系列，这大概开始于20世纪80年代；继而是写真系列，这大概开始于20世纪90年代；目前，较多的是写意系列。如果从诗性的角度来解读他这三个系列的作品，我以为，其人体系列是元明散曲，如马致远的"天净沙·秋思"，着墨不多，却极尽情思委婉处。其写真系列一人一图，多为时装女性，也有外地民工，合而观之则如读唐人古风，市井风俗中自有时代风情，水墨氤氲处隐约风雷滚过。而他最近展开的写意系列，无论是海滩浴女，还是金陵十二钗，读来如汉乐府在握，文野之间、雅俗之间浑然无间，物我相忘，而成江河远上。细问，一幅四尺整纸，多在半小时内完成，行笔如此，当是如风过林了。将张志中的作品比附古人诗词，只是为了说明，其画的诗性韵味是天然的、充分的，是随笔墨寻思的，是随笔墨锤炼的，是随笔墨展开的。

张志中作为在北京语言文化大学的教授，多年的主要工作是给外国留学生讲授中国传统艺术，所以，于传统，他有着不可弃舍的责任。

整个20世纪中国的一个关键词，应该是"反传统"，政治上如此，学术上如此，文学艺术上亦如此。多年的战争与军阀纷争使民不聊生，偌大一个中国搁不下一张安静的书桌。多年的革命与政治动乱使人人自危，五千年文化几近断了脉落。传统，在许多年里，成了包袱，成了障碍，成了罪恶的渊薮。如果说在新文化运动中，和孔家店共命运只是清初四王的话，到了文化大革命，不仅文人画与水墨传统受到冲击，中国画艺术赖以绵延千载、傲视群雄的诗性根基也被摧毁，中国画的传统文脉被一刀剪断，从此，在西方艺术的冲击下，中国画不时濒临危机。因此，我们应当向那些多年来固守传统文脉的艺术家致敬。

在中央美院附中受过西方写实传统训练，张志中于明暗、体积、结构、场面诸因素中走了几年，最觉得心中的那份情愫表达不够畅达，而中国画的水墨氤氲、烟云供养却是如影随形，顺风顺水，十分得意。20世纪80年代初，张志中也是"星星画派"的参与者，因为主将们走得太远，不久他又悄然退出。在给外国学子授课时，面对来自异域他乡的审视，他是理直气壮的。所以信心十足，就在中国传统艺术的博大精深，也在于他对于传统三昧的熟稔。在他的人体系列作品中，他借用版画拓印的技术，仿效原始岩画与汉画石的斑驳效果，在表达女性人体曲线流畅的同时，也突出了其臀部的肥硕与结实，高更笔下女性身体上的阳光不时闪烁，但是，其中主导观赏者目光的东西，还是从色调温和过渡中所体现的中国人关于女性美的观念。不是外在的，而是内含的；不是夸张的，而是舒缓的；不是肉欲的，而是情绪的；不是理性的解剖，而是诗性的抒发。他的写真系列作品可以说是现代都市青年女性形象的长廊，有的矜持，有的活泼，有的则是轻佻；有的拘谨，有的豁达，有的则是没心没肺；有的精致，有的豪放，有的则是粗俗。她们既没有透露传统女性的闺房气息，也没有展示"五四"新女性那般豪气干云，她们各有各的个性，各有各的韵味，也各有各的意味。正是这各具特色的女性群体，从一个侧面给我们这个时代留下了一份形象档案、一份有血有肉的真实。这份血肉正是传统文脉的律动。在他的写意系列作品中，人物与背景之间没有界限，即使是那些标明"金陵十二钗"的人物作品也是这样。除了人物的脸部着墨谨慎外，其他无论身体、衣裙、花卉、树木，甚至室内陈设与日常用品，都在一片狂草中完成，形也罢，意也罢。纯粹的中锋用笔，力量内敛；迅速移动的短线，情绪充足；纯用水墨，留白与飞白相映照。一件作品仿佛一片月光、一泓秋水、一腔诗情。

因为工作的原因，因为责任的驱

兰色荷花
1992年
68 × 136cm
竹宣纸　水墨

走过阳光地带
1998 年
第九届全国美展参展作品
120 × 125cm
竹宣纸　水墨

使，张志中对于传统不曾偏离过，更不用说舍弃。难得的是，传统在他的创作中，不是材料，不是手段，不是形式，而是诗性的空间。这空间，无比辽阔，天高云淡，清风四起。

说来，闲谈中口若悬河、出口成章的张志中却没有涉足文学创作，这对于他的才情自然有些委屈。但是，回头看他几十年的创作道路，从那些脚印中，你可以发现他的才情化作了思想的清晰与探索的坚实。

自1966年毕业以来，张志中经历过许多次政治运动的风浪与思想解放的跌宕，人性之艰辛不亚于炮火声中通过封锁线。难得的是，这在他的创作中，体现得非常浅淡，诗性的崇高与传统的传承则是明确的。也正是如此，他的创作道路是通畅的，他的探索也就富有成效。

开初，他既没有放弃在中央美院寒窗苦读的所得，也没有忽略对于中国美术传统的延展，他把版画拓印与中国画水墨洇染结合起来，人体、花卉、山水各科并出。其水墨人体既有写实绘画的体积感，摆脱了白描人体的简单化，又在水墨淋漓中极尽曲径通幽的韵味。其水墨山水多写古人诗意，多写南方山水，或星河辽阔，天际清和；或山色空蒙，雾霭横空，或平沙落雁，渔火初上；或风生水起，云帆高挂。场景百图，诗意却是从容而出，令人体味。在这类作品中，最富个性的还是他的荷花系列作品。于此，冯牧先生有高论在先："同样的荷花，或在风中，或在雨下，或值清秋，或遭霜摧，或斑彩绚烂，或凋零萧瑟，却都给人带来一种各具韵味和风骨的艺术感受。"应当强调的是，画荷而得韵味，前人、今人不乏高手，也不乏佳构，但从中见风骨，见气量，见天堑无涯，见无人会得凭栏意，张志中可说是紧随潘天寿先生其后，其意凌云，当有公论。

这十余年来，张志中把精力主要投入纯水墨的人物画创作中，其最终成果可以用一字来概括：霸也。细想起来，在中国艺术的大库中，古人之作不缺"逸气"，而今人之作不缺"霸气"。环视当代中国画坛，所见是：越画越大，越画越野，越画越放；问题是，如果能大而不空，野而不粗，放而能收，自然皆大欢喜。比比皆是的是反证。因此，我们有必要细说张志中之"霸"。一管笔，不论粗细；一张纸，不论大小；气氛有了，念头有了，情绪有了，感觉有了，干劲有了，便有了形，便有了意，便有了情，便有了虚与实，便有了阴与阳，便有了明与暗，便有了疏与密，便有了线条与块面，便有了细节与整体，便有了烘托与交代，便有了人物与场景，便有了历史与时代，数十分钟，一气呵成，这就是"霸"，这才是"霸"。其态势，让人想起美国画家波洛克，他把创作看作是与画布的战斗。如果创作时，想的是能不能参加全国展览、能不能卖个好价钱、能不能出人头地、能不能前无古人、能不能堪称大师，我想，是既不能超逸，更不可能"霸"出境界的。张志中，这位老兄，所以能够在花甲前后，精气神十足地展现在我们面前，就在于他关于艺术想得多，别的想得少。

丙戌八月　于问梅轩

桂北小镇
1986年15月
35 × 50cm
皮纸　水墨

齐白石
热爱生灵
——2003 春重读齐白石
2003 年 5 月
第二届全国中国画展"优秀奖"
145 × 150cm
高丽纸　水墨

创作漫谈

访谈人物：张志中 / 聂崇文、夏天星
访谈时间：2006年8月25日
地　　点：张志中艺术工作室
录音整理：沈阳

聂崇文：你现在的创作转向，和我以前看到的荷花、江南水乡有很大不同，是什么原因驱使你向这样的方向转变的？

张志中：严格地来讲，咱们这代人都没有受过很正规的、传统的中国文化教育，咱们在基础教育方面有很大的缺失。如果说我与咱们其他同学有所区别的化，我从小对中国传统文化就比较感兴趣，中国传统方面的书看得比你们多一点，和我的生活经历，我接触的人也有关系。但在经过文化大革命之后，离开学校之后，自己开始面对社会，要考虑自己所谓的艺术道路了，实际上那时候每个人都是有考虑的，而我是比较早就有这种主动意识的。那时大家都喜欢油画，我也曾经画过一阵子，但是当时我确实认为中国人画油画是画不过西方人的，这是其一。其二呢，就是自己内心里头对中国传统文化的情结，所以我从七十年代后期开始画水墨。在我学画的历程中，那些自己感兴趣的画家多多少少也会影响我，包括咱们的老师像卢沉、李可染、黄胄等。当我开始进入用宣纸画水墨的头几年中，当时整个中国处在刚刚开放的时期，我也曾经参加过"星星美展"的一些活动，虽然我跟他们对画的看法有距离，他们稍微年轻一点，其中的一些成员模仿西方的痕迹太明显，比较硬，当然这个也允许。因为当时的主流画坛还是正统的毛泽东那个时代的政治面貌啊，在这样比较僵化的情况下，是一个冲击。咱们"文革"前中央美院附中的这批学生，我觉得咱们已经过了他们那个比较简单的、模仿的阶段了，应该比他们成熟，这是毫无疑问的。那时我想

要寻找的，相对来讲，是一种比较新鲜的艺术语言，当时这种新鲜的语言来源于几个外部直接刺激，一个是当时日本一些画家来中国举办展览，像东山魁夷、平山郁夫啊，当时我已经在语言学院任教了，接触了一些日本的学生，有一段时间对日本画比较着迷，为什么呢？我觉得日本画是在原来日本画的基础上有一个变革，这个变革既学习了西方的东西，也保留了日本文化的精神，在形式上形成了一个新的东西，有别于西方绘画，也有别于传统日本绘画，而且表现力加强了、丰富了，我很想在宣纸上找这么一条道路。当时黄永玉的画，那种泼墨加重彩，我刚开始看到他的印刷品时也觉得很新鲜，对我也有一个刺激，后来在美术馆看了他的展览之后呢，有些东西有点失望了，失望在哪儿呢？他用了大量的厚水粉，当我直观地看画时，那个质地不高级，印刷品能弥补这个缺点，印刷品好看，原画有的不好看。就中国本身传统的宣纸水墨啊，被颜色给掩盖了，我是很想在宣纸上解决，既有西方绘画色彩的丰富啊、厚重啊，又保留中国宣纸本身固有的审美因素。严格地讲，我从80年代初走的应该是一条实验水墨的路，我对材料特别感兴趣，最早我用高丽纸实验，当然黄永玉是最早用高丽纸的，但我用高丽纸的方法和他不一样，黄永玉是厚水粉；泼墨、水墨淋漓，这个效果不错，当时很新鲜。我是借鉴了一些他的用法，当然也不完全一样，这样我在80年代初期用高丽纸画过一些，包括参加六届美展的《大禹》，当时评价不错，我的完全是薄画法，没有一点厚水粉，以墨为主，在墨里调颜色，把颜

色和墨从高丽纸的背后吸上来，我用了这样的技法。但是到了1983年、1984年左右，在市场见不到质地好的高丽纸了，偶然的机会用了浙江富阳一种竹料的宣纸，也是用拓印和吸印的办法，这样可以有比较浓的颜色和墨，可以保持一定的肌理和大画面的节奏，颜色有比较自然的变化，像陶瓷烧的釉的窑变那种感觉。当时还有一个画家——刘国松，我第一次看他的印刷品时也觉得有意思，后来看原作之后也是不合乎我的想像，而且他那种肌理的画法，是拿宣纸在水上吸颜色，严格地来讲很多东西不是人工控制的，偶然的效果。我要的是效果是可以控制的，黑白灰是可以控制的，而且当时80年代中期，我用富阳宣纸画了很多荷花、风景，包括一些人物，墨色和颜色的感觉有别于原来宣纸上的感觉，我觉得从审美上来讲这也是成立的，如果说一句不自谦的话，我觉得我在这种技法的运用上拓展了原有中国宣纸的表现力，以前至少没有人做，它具备一定的抽象因素。当时1986年中国美术馆和美国合作的一个展览，我提出"墨象"一词，我画的人物、荷花等都用墨，有意识地做了一些平面构成的东西，水和墨在视觉上造成一种带有抽象意味的感觉。80年代中期美国的展览，连着做了三次，日本的展览，到1989年我到欧洲办展览，基本上是这批作品，可以这样讲，这批作品中国人喜欢，日本人也能喜欢，西方人也喜欢。当时文学家冯牧家的客厅里就挂了两张画，一张黄永玉的，一张我的荷花，而且到他家的很多文化界名人，黄永玉啊、王朝闻啊都挺赞赏的。可以这么讲，我的东西可能和我的年龄啊，小时候受的教育有关系，我对新鲜事物感兴趣，但不是太出圈，不像前卫艺术完全超越这个范围了，我还是在这个范围之内，我觉得这里面有我对传统文化的情结，也有上附中所受的教育——对西方绘画认识的因素，包括对苏联绘画基本元素的借鉴，色彩啊、构图啊、黑白灰的把握啊，在这个程度上是一个尝试的过程，那时候我基本上是在国外做展览，国内很少有人看过，包括像老师卢沉也没怎么见到过。到了90年代初中国传统手工业的很多原有好东西随着改革开放逐渐失去，包括宣纸，做得越来越差，原料和工艺改变了，原有的一些效果达不到了。一定的材料工具才能产生一定的效果，这是毫无疑问的，一个好的音乐家没有好的提琴肯定拉不出好的音色啊，同等水平的画家如果给他不同的材料，出来的效果是不一样的，不同的材质有不同的效果。

夏天星：你的画法是建立在一定材质之上的，当时你是怎么换的这种纸？你是不是有心在找一种材料？

张志中：是的，偶然地用的这种纸。因为在用这种纸之前，我用的是高丽纸。大家今天认可的宣纸的审美效果，基本是元以后，明朝大量运用的生宣，大量运用吃水比较多的羊毫笔，明朝之前基本上不用羊毫，由于羊毫和生宣的大量运用，才出现像明代徐渭的泼墨大写意，发展到清初，大写意花鸟比山水更明显，这种面貌是这样形成的，如果没有羊毫、宣纸这样的材料，也没有大家今天看到的这种面貌。

夏天星：这种形成是以用笔为基本状态的形成。跟你的这种形成还不一样，你的实验水墨不是用笔形成的，生宣、羊毫笔是以用笔为主体，强调笔的书写性、写意性，有一定速度的情况下形成的，山水是淡色，人物也是淡色，大写意到了

冬日的壶流河
1970年　冬
27 × 35cm
纸板　油彩

赵家寨的女孩
1971年　冬
27 × 35cm
纸板　油彩

雪晴后的营房
1971年　冬
17 × 26cm
纸板　油彩

荷风
1995 年
80 × 170cm
竹宣纸　水墨

吴昌硕才有了一点红花，色彩也不是多种色彩，鲜艳有，层次并不多，熟纸另类不算，你的探索是必须建立在材料之上。

张志中：当时我年轻确实有点狂妄，就是想把西方绘画中的长处，用咱们中国的材料表现，还不失中国的特色，我努力尝试了，比如我那蓝色的荷花，颜色是透明的，水份很浓，不是厚的，在宣纸上达到饱和，其他人还真没做到。说实话我现在也反对拿厚水粉在宣纸上画，一点都不欣赏，我的技法在精神上没有背离中国的东西。

夏天星：从神韵上符合中国画的空灵感。

张志中：回到聂老开头的问题——怎么转到今天？有两个因素，一是那种纸逐渐没有了，想画画不出来了，效果不如人意了。二是周围的朋友经常说，中国画直接地用笔画、书写，应以抒发见笔为上，我心目中也明白这个道理。原来之所以那么走了一段，与年轻时的狂妄有关系，想走一条实验的路，当然我这条实验的路走得并不远，有一部分人的走得比较远，与原有的中国画没什么关系了，而我还在这个范围之内。从90年代中期我还做一些表现水墨的画，和早期技法上有相似之处，但观念上有所变化的。当我刚开始用毛笔画人物画的时候，总觉得不尽如人意，一个是语言的问题，一个是载体，也就是题材的问题，题材在中国画里也重要，也不重要，就跟郑板桥画竹子似的，竹子是他笔墨的一个载体。我开始前

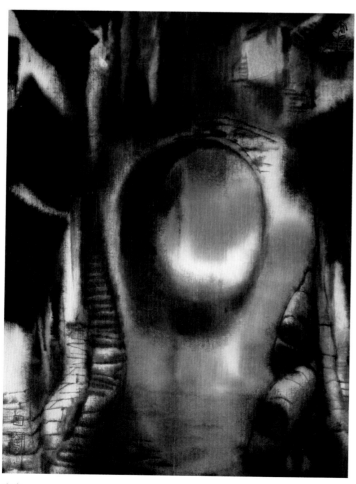

水乡
1983 年
48 × 69cm
高丽纸　水墨

几年也存在这样的问题，发现一般的宣纸不行，就回想起小时候我用过的好宣纸，我就想往回找，也是各种机会，找到一些二十年前的宣纸，在这种宣纸上画开始能找到一些感觉，这样从去年到今年集中地画了一些，包括一些习作，一些古代仕女，一些表现现代人生活的画。我教的是外国学生，讲的是对书法、绘画最传统地基本认识，当然我画的可能不是最传统的，当我现在回到宣纸上，回到毛笔上的时候，我这些东西还是起作用的。您看了我这批画，觉得和原来的感觉有关联吗？

聂崇文：我觉得变化很大，很不容易，尤其是这种年龄段的人，能够再舍弃很多东西，回归到传统笔墨，这个过程很不容易，还是有很新鲜的感觉。比较注意技法，如同当初我看你蓝色实验系列时，看半天，就想梦工厂用电脑做的一样，我很想知道是怎么做的，蓝色系列中的那种蓝像荧屏上的光色的蓝——荧光蓝。然后接触这些新作品，马上变成了纯的墨，纯的黑白灰里面找细微的阶梯，并且画得又很豪放，从技法上仔细一看思索得很多，出来一种综合效果。

张志中：这些水墨很纯粹，就是水、毛笔、墨。但我强调一条，要有好纸、好笔、好墨，很多时候是研的旧墨，至少是"文革"前的墨，我有两块民国初年的墨，墨色是沉稳地，墨色变化也是丰富的，是新墨达不到的效果。技法的问题是要考虑其中的，包括齐白石画的虾、小鸡、鱼，都是纸、笔、墨、水，互相生发，在中国宣纸上产生一种特殊的审美，技术的成分和艺术表现力是结合在一起的。

夏天星：是有新意的，如果按技术来说，是完全传统的。我觉得是你在六十岁左右，艺术经历过种种实验之后不自觉地回归。齐白石最为大家津津乐道地是他画的虾米，那虾米是水墨通透的，爪、须子、甲壳等都是长期积累的结果，但有一个前提，就是要有好纸、好墨、好笔、清水，十张虾画完了，两罐水是清的。我认为你的作品定位，就是大写意人物，有变化的话是形式感上有变化，把人物、山、草虫、树画满了，是油画的构图，但技法是完全回归传统的，纯粹地写意。这个里面要求两个东西，一个是腹稿，一个是下笔迅速，一笔下去，一生二，二生三，三生万物，一起而落，正所谓翰不虚动，下必有由，完全是兴趣、感情。

张志中：我画的这种水墨淋漓的画面，下笔犹豫不得，必须快。画一张四尺的画，二十分钟。

夏天星：写字多于绘画，我书法练得多。按创作的意兴来说，你的创作是书法性的，比如说写琵琶行，写草书，中间错笔都不管，可能有不尽人意之处，但是整体的气势是不允许再重复。

张志中：也不允许你在每一个细节上精雕细着，一抠就瞎了。

夏天星：在我客观地看，和做草书是完全一样的。为什么呢？你画时是完全充满激情的，无所顾忌。

聂崇文：我觉得有一点、画的都比较满，跟一般国画不一样。

夏天星：人物是西画的风格，构图是西画的构图，笔墨的方法是写意。

张志中：也得益于我对西画的情结。

夏天星：你是具有西方的审美情趣。学习传统绘画，继承技法是第二位的，主要是要提倡一种传统地审美情趣，学习传

统绘画是培养传统的审美情趣，一幅画摆那，看不出好坏，就没有审美情趣，人云亦云不行。齐白石为什么伟大，他就是一个农民，但他不断地在学习啊，不自甘农民，努力地学习传统文化知识，有了士大夫的文化情趣以后，农民的质朴精神再显现出来，他反而成为大师了。他一直主动地、始终不渝地向中国传统文化学习。

张志中：文化是分层次的，有高端、低端之分，要向传统文化的高端学习，构成文化的就是高端。作为一个画家，至少在追求的目标上，要向往高尚，要有这样的根性。我想画成的画到底什么样？说不清楚，多年来我画成的画也不是很满意，确实觉得有一种更高的，古人的也好，世界级大师的也好，确实在那放着呢，你跟人家有距离，这是一种标志，心里得知道哪些地方自己达不到。我有方印刻的"心向往之"，总要向往美好的东西啊！

雪景水乡
1983 年
75 × 98cm
高丽纸　水墨

夏天星：把生命融于艺术游戏里是一种快乐，介于现实生活不快乐才做艺术，快乐是美好的东西，说到底你得要有美好的东西，"心向往之"用高尚、伟大、纯洁都不准确，最起码是美好的东西，就像男人都有追求女性柔美的东西一样。

张志中：自然界也好，社会也好，哪怕是一个很晴朗的天，很温柔的风，好的阳光，心里确实觉得愉快，有非常强烈的感觉，也就是心有所动。现在很多人都被金钱、俗事、钩心斗角……给淹没了，活得可怜，变成奴性的了。

聂崇文：你的创作量非常之大，能谈谈你的这批画创作观念来源于哪些方面啊？

张志中：有一批红楼梦题材的古代仕女，其实是朋友点题才画的，我从小就对《红楼梦》感兴趣的，只是没有涉足过用绘画来表现这个题材，我对中国传统文学的兴趣和喜好的程度较深一些。红学研究有从社会学、历史学等角度研究的，我都看过，我比较赞成的是从美学的角度来阐释《红楼梦》，比较赞成王蒙的基本观点，王蒙对《红楼梦》的基本定义，实际上对大观园里这些鲜活的生命永恒地赞颂与无奈地描述。我画这些画的时候有一个标准，第一性格尽量要区别开，符合十二个人不同的身份、不同的性格。换句话说，当然要画得漂亮，漂亮不一定要媚俗，实际上我画的已经是现代人的审美了，已经不同于清代的传统审美了，现在的人看有现在人的审美观，从形式上、服装上、构图上的感觉也能和传统搭上话。另外早期的《人和马》系列是1996年画的，当时也是有主观意识的，画的都是女人体，没有衣服和脸，也就是说我画的不是具体的哪一个人，是原生态的马和原生态的女人体，比较张扬的、偏表现的，实际上是对生命活力的表现。最近《海滩》系列，是去了北戴河后，对海滩的人和光影非常感兴趣，觉得很有意思。

聂崇文：你画《海滩》系列时用了几支笔啊？

张志中：所有的画都是一支笔到底，气韵贯通，换笔就有变化，个别的换笔，就用板刷了。

夏天星：从现在开始，三年到五年，张先生会出现一个非常好的状态，会出现一个高峰。

张志中：谢谢！我这可能也算一谬论，古人是做文章，肯定得做，做可以，但不能"做作"，好的做不留痕迹，那是高手，但是也得做，是这样一个道理。

夏天星：还是那句话，"在规矩里尽量自由"。

张志中：纯自由就没自由了。

夏天星：所谓的古典艺术标准就是在规矩当中完成自由。

张志中：书法也是在规矩当中完成，古典音乐、歌剧都是在规矩当中，不是随心所欲的，在规矩当中发挥自己的能量。

聂崇文：这里不包括你的山水画啊，为什么你把这部分山水画放在外面了？

张志中：不够成熟，放在里面显得有些杂乱。

聂崇文：如果你再画山水的话，是准备画南方的，还是北方的呢？

张志中：不一定非得有明显界定。我很早以前画的山水画有两种，一种江南秀丽，一种北方粗犷，这两种从审美上来讲我都喜欢，确实是中国特有的现象，从人文地域到自然地域，是刚柔相济的，西北阳刚的，东南阴柔的，这两极是互补的。

聂崇文：你下一步打算画些大的山水画吗？

张志中：如果允许的话我会画的，得看精力和体力。人物画我确实还想画，想画的东西还挺多的。五十岁以后考验的是基础，这个基础应该是一个广义的基础，人生的阅历啊，学识的广泛性啊，有的画油画的对中国画一窍不通，一点没进入，或者是把中国画想得很简单，首先表现出来是无知。我小时候接触的东西比较杂，看的东西也比较杂，有一定的关系。我对中国私塾教育的优点就非常认同，很小的孩子记忆力好，逼着他背东西，那些东西的内容是很难的，他不可能都理解，理解点很简单的东西，但随着年龄的增长，他小时候吸收的那点东西会反刍，这个反刍是特别重要的，幼年时代所看到的、听到的、读过的书，如果有心的话，在成年后慢慢反刍的，都是营养，而且这种营养是不可替代的，当时有这样的教育和没有这样的教育是不一样的，包括对中国古典题材的认识，我小时候在农村生活了八年，民间年画啊、土戏啊……这方面接触的多一点，现在可能潜移默化地会起作用，包括对人物理解上。

夏天星：你说的这个问题，审美情趣是非常重要的，审美情趣决定思维，其实终生影响一个画家的是思维与审美情趣。还有一大问题，1949年以后思维都不正常，技巧老师可以教，但画什么是不可以教的，好多人画了一辈子画，自己从来没想过自己想画什么，这是致命的一点。现在年轻人他们没有这样的障碍，像六十岁以上的基本都有这样的障碍，他画什么不是由他自己决定的，最早让你画什么就画什么，到了当代需要你画什么就画什么，到最后什么画卖钱就画什么，什么时髦画什么，唯独没有自己想画的，这一点不解决的话技巧都是空谈，所以思维是第一位的，意识决定行动，思维里面有一部分怎么画的问题就是取决于审美情绪的问题。张先生，你接触那时期中国传统文化，比如文学方面的，你也并不是有意识的去学诗词，学书法，看中国画啊。

张志中：您这话就应了余秋雨的观点了，所谓功夫在诗外，不是指着你具体去学什么，是指一个整体的东西，你的思维、你的认识，这些东西是一种素养，滋助你整体的认识。

夏天星：你的感情是你思维的一部分，又回到审美情趣！感情和审美情趣是一致的，审美情趣决定每个人看物像不同，反应不同，创作的东西不同，所以还是思维和审美情趣的问题，是长期积累形成的。好多画家、书法家，到了四十五岁以后就出现问题了，一个是思维的问题，还有一个原因是荷尔蒙的问题，荷尔蒙决定激情，四十五岁以后荷尔蒙减退，精力不够，看事物没反应，没有激情了。

张志中：画画也就很机械了。

夏天星：人一老了就庸俗化，日本有一句口头语，年轻的女孩子笑话五十岁的大叔，叫"带着味的大叔"，都有味了，烟味、酒味、腐朽气，画家是最典型的。到了五六十岁以后，艺术上想有所进步几乎是不可能的，你觉得你有进步了，实际上根本不是，而是退步了。只有很少一部分人的审美情趣在不断地补充完善着、延伸着，在这个年龄才会有所变化。张先生经历了学习一个阶段，社会生活一个阶段，后来搞水墨实验一个阶段，到最后这一个阶段，是他画外长期积累的东西，对生活的认识，对自己不断调整的一个结果。我认为张先生的画在构图上有西洋的东西，技巧上张先生是

回归传统。同时他的艺术也揭示了一个规律，包括"五四"以后，大量语言学家、艺术家、文字学家都有一个过程，凡成功的还都是回归传统，包括提倡白话文的胡适、辜鸿铭、郭沫若，欢迎新事物，对西方的东西有认识，用西方美学观点补充本民族不足的地方，同时还能回归传统，没有被异化，异化的也有，像赵无极，他的画我看不懂。所以我觉得张先生的艺术，实际在技巧上是回归大写意传统，表现的不一定是这个情绪，其实还是文人画思想感情的体现，是对美好事物的体现。我还认为张先生目前这个年龄阶段特别重要，我跟他认识有二十多年了，以前画看的不多，这几年看的比较多，尤其是这一年以来逐渐地成熟、熟练，进步很快，出现了一个非常好的水墨画阶段，是一个特别重要的时期，张先生如果能把握住这个时期，加上精力充沛，能安心地再画一段的话，会有一个更好的局面出现。

张志中：谢谢夏爷的评价！

江南小镇
2003 年
70 × 140cm
竹宣纸　水墨

在比利时·班什市的狂欢节上
1989 年 2 月

布鲁塞尔·画展一角
1989 年 2 月

在布鲁塞尔比利时皇家美院示范
1989 年 2 月

班什的狂欢节和
阿莱辛斯基的符号

1988 年 6 月，法国巴黎高等美术学院教授，当代新表现主义著名画家彼埃尔·阿莱辛斯基，作为和中央美术学院的学术交流项目，在北京帅府园中央美院展览馆举办展览及其他交流活动。

展览我去了，对阿莱辛斯基画作中某些强烈地、反复出现的符号留下强烈印象。恰好，那时也算是我的学生吧，从比利时皇家美院毕业的意大利小伙子安东尼·纳尔东在比利时的一位老师、比利时皇家博物馆现代馆馆长彼埃尔·博德松也在北京，在主持一个比利时皇家博物馆作品展览。博德松同阿莱辛斯基是很要好的朋友。6 月某日，先是在法国使馆，由大使出面，为阿莱辛斯基邀请了一些北京的画家见面及招待会。那次招待会上算是和阿莱辛斯基认识了。这是个秃头、小胡子，有着一双咄咄逼人的蓝眼睛的老头儿。就在招待会的第二天，安东尼和我约定，把博德松和阿莱辛斯基带到了我在语言学院的画室。为了交谈方便，安东尼还请来了一位当时在语言学院学习法语的贵州女孩做翻译。我这里则叫来了准备和我一同去比利时办画展的南京艺术学院的画家朱新建。那个下午聊天很广泛，阿莱辛斯基饶有兴致地观看了朱新建当场为他所画"仕女图"的全过程，并不停地拍照。从交谈中得知阿莱辛斯基从年轻时就对中国绘画特别是书法怀有浓厚的兴趣。在 50 年代，中国尚没有对外开放，阿莱辛斯基为了探寻书法的奥妙，来不了中国，只好退而求其次到了日本。对毛笔、汉字、书法做了好一段时间的学习研究。而毛笔、书法也直接影响了他尔后的画风。那天下午，一直到在五道口吃过了一餐有着"拔丝菠萝""麻婆豆腐"这类如安东尼们所认可的中国菜后，老头由衷地通过贵州女孩儿说这个下午是他来到中国所过的最愉快的一个下午。

阿莱辛斯基的中国之行结束回国后的某一天，安东尼又把当时和阿莱辛斯基画展同时展出的一些画册拿到我这里来。说是老头转赠予我。当我们翻看着这些画册更系统地了解了阿莱辛斯基的艺术创作过程时，还是遇到了不少沟通上的麻烦。安东尼的中文太有限了，对我的有些提问无力解答，特别是我对画册中也反复见到的用中国毛笔所画的类似火山喷发（有几处，阿莱辛斯基画上了火山口的形象）的符号越发觉得神秘和有趣。但这个谜当时安东尼使出吃奶的劲儿也说不明白，只好存疑了。

1989年元月，在安东尼和他的老师彼埃尔·博德松先生一手策划下，我和朱新建踏上了火车途径蒙、苏、波、东德、西德，前往布鲁塞尔举办展览兼有其他一些交流活动的行程。1月30日抵布鲁塞尔。2月5日展览开幕，一切都顺利。展览要到二月底，这期间的活动，有些事先有商量，有些是安东尼随机安排的。大概是2月4、5号，安东尼反正汉语也不好，反正也说不清楚，也就不多说了，只是说带我们去一个"有意思"的地方。一清早，安东尼开车带我们二人出布鲁塞尔往东南方向大约半小时，停车，步行，进一小城。从小城边缘陆续见人往我们前行的街道会集。于是开始见到有一些打扮奇异的人出现。有老、有幼，有戴着高高的用不知何种羽毛制成的巨大的羽冠，也有不戴羽冠的仅为像是白色绷带在头上缠绕的，衣服的颜色及纹饰却都是一样的橙黄、朱红、加黑白图案。成年人所穿像是中国戏曲中的神道（如判儿，天王、巨灵神），里面加了厚厚的衬，显得极其臃肿和笨拙。我们走过一人家时，从邻街敞开的门看到一对年轻的夫妇给一个仅五六岁的孩子做服装的最后整理，孩子天使般纯洁的脸上，洋溢着乖乖的顺从和快乐。越往前走，这些化好装的人越多了，每个人都挎着小篮子，篮子里装着黄澄澄的柑橘，这时，我和朱新建已经明白，这是一个狂欢节，但其中的任何为什么安东尼的汉语都无能为力，只是当那种规格最高的戴巨大羽冠的人走过来时，安东尼指着那些羽冠说："张，阿莱辛斯基！"噢——，原来，原来阿莱辛斯基那如火山喷发的神秘符号在这里！

这是一个小市，参加狂欢的人们都在向市中心的一个广场行进，路边、路边的房子的阳台，挤满了观看的人。穿盛装的人也都组成了一个一个不同的方队，随着音乐，以一种极缓慢的速度，踏着节奏在行进了，严格地讲只是行进，不能算舞蹈，边行进边将手中小篮里的橘子远远地向街道两旁，特别是那些站在楼房阳台上的观众抛掷，柑橘飞在哪里，哪里便发出一阵欢呼。行进的表演者中有人看到我和朱新建了，那天在场的我敢肯定只有我们两张东方的面孔，那些好客、友好的表演者特意地把橘子抛向我们。我们张大嘴忘怀地笑着，伸出手去接这些黄澄澄的、事后被安东尼的朋友告知象征着好运、友情的橘子。

那天我们回到布鲁塞尔的住处和安东尼的几位朋友谈论此事时，我很想知道关于这个狂欢节有些什么，安东尼的一

个女朋友特意找来一本书，翻开，指给我看那上面的图片及大段的文字，并反复地告诉我，吉勒德·班什！我记住了发音，不知道什么意思。多年后，这些穿着黑红、黄白鼓鼓囊囊盛装，头顶羽毛头饰的人，行进到北京的平安大道上来了。我从有关的报纸的介绍中才首次得知，原来那个小市的名字叫"班什"，"吉勒德"大概就是狂欢节了。而且这个"班什的狂欢节"大大地有名，已经为联合国教科文组织列为世界文化遗产项目。

在那次狂欢节过后，有一天，我们没有去我们画展的现场，（一般，没有别的事情，我们在展览期间的每天下午会去一趟的）。突然，安东尼匆匆赶来，告诉我们，阿莱辛斯基夫妇驾车自巴黎赶来了，正在看我们的展览。我们也急匆匆赶到画廊，因为安东尼这个翻译不合格，说了一些客套话，对我们的画深入的议论，安东尼翻译不来。但我不忘记告诉阿莱辛斯基我们去了"吉勒德·班什"时，老头露出了惊奇和赞许的神情。

在阿莱辛斯基回巴黎后的那天晚上，安东尼终于让我和朱新建完整地了解了阿莱辛斯基和"班什的狂欢节"那感人的故事，安东尼的汉语能够讲述这些，阿莱辛斯基的家就在班什，（或在班什出生？长大？）1946年，二战结束后第一次恢复这个狂欢节时，因为战争的创伤尚未愈合，物资匮乏，比利时没有那么多柑橘，是西班牙国王的支持，用飞机运来了一批柑橘，那次狂欢节，阿莱辛斯基回到家乡特意去参加，他目睹了所有的人，抛掷的人，都不舍得吃那宝贵的柑橘而珍藏起来。为了留住这感人的时刻和情感，为了不被再重复的视觉破坏这种凝固了的记忆，阿莱辛斯基自那次以后，再也没有去过班什的狂欢节。他只要记住那一次。而且他把那蓬松的、华丽的向上喷发的羽冠化作自己笔下的一种符号，以一种特有的从东方的文字书写中借鉴来的表现方式，留在了他众多的画作上。

真的，当时我几乎不能相信，从在北京见到这种符号，到亲自经历了这个不同寻常的狂欢节，竟完整地了解了一位大艺术家埋藏在心底几十年的一个美丽的梦，我为自己的幸运，也为这个梦久久感动。

葡萄牙·布拉加乡间
1997年2月

葡萄牙一日（旅欧日记摘录）

1997 年 2 月 5 日。

大约在清晨，尚在火车轰轰声响的伴随中昏睡的我，随着拉开包厢的声响，打开房灯的光亮，和几句听起来已和法语不大相同的说话，慌忙睁开惺忪的眼，同时知道，火车进入葡萄牙国境了。

一位女警员看过护照，又问了什么，见我们一脸听不懂的苦笑，也笑了。我大概听出是问我们会不会英语或是法语。我硬着头皮蹦出几个法语单词，又把葡萄牙大学邀请我们的材料指给她看。女警员不失友好地走了。而我却再也无睡意，从铺上下来，走到车厢的连接处去吸烟，看着车窗外，渐渐地露出一抹微曦。

车轰隆隆地在山间疾驶。车窗外的曙色渐渐扩大。天地相接处有了玫瑰般的淡红向上染开。再往上，天空已由黑黝黝的变为宝石蓝。而且，一勾残月忽左忽右地在车窗上盘桓。我心忽地想，是腊月二十九了。残年的残月，难得一见呢！车在山上，山坡上已看得清绿茵茵的笼罩在晨露中的草地。灌木和树林，大约是因为进入了林木茂密的深山了，窗外渐渐云雾缭绕。山上的林木也愈见稠密。铁路的路基旁出现一

道深深的溪谷，看得见清澈的溪水在嶙峋巨石间湍急地奔流。跌宕处，溅起的水花如散珠碎玉。路基顺着山势上下左右地变换着，那条山溪也如同捉迷藏般在车窗外忽上忽下，忽隐忽现。忽尔就近在车窗下，连水中的卵石上绿莹莹的青苔都清晰可见，忽尔她又悠然远去，隐入深山险壑之间，在一层层峭立的山崖和山崖上浓密林木的掩映中，有如一条舞动着的白练。

渐渐地，山溪不知流向何处，火车也从山间驶向了遍布果园的丘陵。山坡上可以看见错错落落的农舍。橘树上浓密的绿叶间挂满黄澄澄的柑橘。已然是一幅恬静的田园风景了。

和我们同一包厢的有一对葡萄牙老年夫妇，他们也早已起床了，把铺位收拾好，在用早餐，语言不通，相互间比比划划，也都在交谈着。

再看窗外，不知什么时候，房屋渐渐稠密。房前房后，也不知什么时候，竟是一棵棵高大的棕榈树迎面向我们扑来。突然，在一个小村房舍的空隙处，灰蒙蒙天水相接处竟是大海了。车再前行，已是几乎行驶在海滩边。平坦的黄沙伸展着，一排排的海浪卷着雪白的浪花向海滩缓缓涌来。天空不

葡萄牙·乡间速写
1997年2月
45 × 72cm
竹宣纸　毛笔　墨

葡萄牙·萨尔巴古堡速写
1997年2月
20 × 30cm
纸　炭铅笔

葡萄牙·乡间速写
1997年2月
45 × 72cm
竹宣纸　毛笔　墨

是很晴朗，海的远处和天空浑然相连。这里是大西洋了。当地时间中午时分，火车抵达葡萄牙第二大城市波尔图。这是山城，图鲁河从城中穿过汇入大西洋。在火车尚未到站时，窗外早可以看得到迤逦的山岗、河谷间渐渐稠密鳞次栉比的楼房。有趣的是，同行的小Y发现，不知什么时间，我们乘坐的长长的一列火车，现在只剩下机车和我们这一截车厢了。车停了，同车厢的人也所剩无几。我们毕竟心中无数，正用蹩脚的单词想问问是不是确是波尔图时，T看到我们的东道主、路易和一个高大的、红脸白发、笑容可掬的先生已出现在车厢门口。寒暄后，得知红脸白发的先生是德国汉学家兰辅仁博士。装行李，上车，出波尔图，驶上往布拉加的高速路，公路旁全都是高大浓密的香樟树。此时天空已完全晴朗，和煦的阳光让我们忘记了一路的疲劳。路易说，这阳光是欢迎你们的到来。

　　不到一小时，到达布拉加S和路易的家。这是一幢公寓楼的一套居室。算不上宽敞。S正忙着为我们备午饭。刚在小客厅兼作他们的书房里坐下，路易就拿出了葡萄酒，为我们的到来，大家干杯。

　　午餐是地道的中餐，有素菜豆腐，土豆，烧茄子，米饭。餐后，路易和兰博士提出带我们去一个地方喝咖啡。

　　布拉加也是山城。出城车便驶上一条幽深的公路，公路是用碎石铺的，路旁是各种各样高大的树。当车子在路上盘旋了几个弯停在路旁一处空地时，回头看布拉加已在脚下。山路边有几株粗可数围、高达二三十米的大树，路易拾起一片如墨玉碧浓的叶子，折一下，递给我们闻一下，一股沁人的异香。

　　我们在石路上缓缓地浏览着。路边有一座古朴的铁门，门内像是一座小园。一条甬路，路边也是挺拔的棕榈和一树树、一丛丛正在盛开的茶花。间有橘树和我不知名的花木。沿甬道约百余米，是一座池状喷泉，喷泉后是一座古朴的三层建筑。这是山坡上不大的平地。建筑旁有一处平整的露台，围以栏杆。凭栏远眺，可以俯瞰布拉加全城。那些红瓦白墙的建筑此时正笼罩在一片淡如轻烟的岚霭之中。天空掠过一片片的薄云，大片大片的云影便缓缓地在小城和连绵的山岗上游动。

　　露台的下面，十几米远，又是一处不规则的平台。在我们的眼下、一个小小的泳池，盛满了蔚蓝色的水。池边散落着几把白色的椅子，显示着一种悠然的情致。从我们站立的露台再往前，忽尔有的潺潺水声。水声是从一处藤蔓和花木掩映的小山传出的。我们所凭的栏杆下的路变狭变陡，沿着布满青苔的山石进入花木中，石栏杆此时也变成布满青苔，像是随意搭成的木头的了。栏杆前是一片碧绿碧绿的水。水面上散落着一片片殷红的茶花。

　　一座小小的随意的桥修在水面上。依傍着布满青苔山石的小路把我们引入一个小小的山洞。山洞里水声叮咚，落在地面上，便淙淙地流入那处被花木枝蔓与我们方才凭栏远眺的空间隔开的山顶一处幽静的水面了。山洞有石蹬把人带上小山的山顶。山顶有凉椅数把，可小憩。小楼、露台、露台下的泳池皆在眼下，唯不见方才那处清幽的池水，她已被浓密的林木掩藏起来了。

出小园，沿山路缓行。夹道古木参天。靠近山崖一边是一道石墙，墙上有房舍。墙头遍植茶花。墙下的道路上落花缤纷。转过墙的尽头，又是一处宽阔的平地。靠右是一座二层楼房的小饭店，靠山体处是一小教堂。教堂前不远，是一处呈直角状整齐的露天咖啡座。直角平台围以围栏，围栏下便是延伸到山下的片片林木。恰和布拉加遥遥相望。路易、兰博为我们要了最好的浓香的咖啡。大家边啜着咖啡，边欣赏着周围的景致和游人，怡然间，竟是不知此时身在何处了。

在葡萄牙北部山区写生
1997 年 2 月

在莱茵河谷的古堡

和汉学家柯彼德博士访问德国艺术家工作室

莱茵河谷（旅德日记摘录）

2002年5月19日星期日　上午多云间晴　中午阴　下午多云

上午近12时，老柯来。驾车，西行。近山。山势起伏。山坡遍布葡萄园。路旁，散落着各种酿造葡萄酒的老式器具，有四轮马车、榨葡萄汁的榨床、酒桶等等，像一件件艺术装置。再过一山村，有路标。老柯告以为"三石"。山路旁绿荫浓郁。遥遥可见山顶巨石突兀。巨石上可见一古城堡。古城堡在此一带山上均可散见。这一处老柯介绍建于11至12世纪。为国王行宫。距山顶约数百米处，一片宽敞平坦的空地，两三座房子及酒吧、饭店。此处林中有野猪、鹿等，经批准可狩猎。空地已停有不少车。大都是德国人。夫妇，带小孩子的，老年夫妇等。三三两两在爬山。空地沿小路可上至古堡。颇陡峭。及至山顶，迎面巨石嶙峋。古堡即建于巨石之间。古堡以暗红色巨块砂石筑成。无其他任何材质。内部为拱型穹顶。窗，内宽外窄。门是后加上的。沉重的木质涂以黑漆。

山顶盘桓后下山。赴J小姐家宴。

J小姐家所在山村，几乎无街道感。家家无所拘束。房不甚大。如老柯家。房后为一露台，小园。小园外一片开阔地，为马场。视野所及，一片青翠。恬静至极。

J小姐家出来，已近黄昏。老柯预定节目，晚上音乐会。路上，遥指远处山上另一古堡，即音乐会会场。

上山，近古堡处，各式各样的车已停满。都是来听音乐会的。古堡形制外观与午间所见略不同，不及上个险要。这里当年有城垣，已倾颓约半，现保留原貌，愈见苍凉。也是上石阶。此处保留一矩形类似教堂的殿堂。也是此地砂石所建。内部略改造，门、窗、灯光、舞台处略作装饰。门、窗极考究，与裸露着的砂石墙壁成极强的对照。穹顶及四壁均为低瓦数的白炽灯。闪烁着金黄色的温暖的光辉。大厅高约十米，前后约六十米，并无舞台。悬一半启的墨绿色大帷幕。左侧斜置一面德国国旗。右侧摆了一大束白蔷薇及柳枝。观众席皆排列的普通坐椅。我们到时，已是座无虚席，绅士淑女，衣香鬓影。

演出开始了。可见乐队从右侧走来，从观众席间走上演奏区。主提琴手最后着燕尾服上台。掌声雷动。是晚，共演奏五组室内乐。威尔弟的"四季"、巴赫、柴柯夫斯基的协奏曲等。结束时，三返场。

散场从古堡出来时，已晚九时，天色尚大亮。凭栏一望，莱茵河谷地尽收眼底。河对面迤俪有山处即为海德堡。河两岸相距约五十至六十公里。为莱茵河河谷平原。两侧山地则以葡萄种植悠久闻名。近山处，一些村镇均极富足。

天色尚早，老柯带我们去一村。山路上绕来绕去，蓦然回首间，古堡在灯光的映衬中，在暮色四合的山顶上显出一种神秘的辉煌。

山村找到了。叫"圣·马丁"。天已全黑下来了。夜幕为湛湛的深蓝。一弯上弦月在头顶闪着清辉。小村，高低错落，街道旁有潺潺水声。颇似丽江。街旁皆是三四百年历史的房子。极具德国建筑风格。家家都酿造、出售葡萄酒，每家都有几十到上百个品种。有的在临街的橱窗里陈列着。我们看到有一处房子上的标志为"1568"，四百余年而保存至好。

小村街道之静，使人如入空城。然而当我们找到一处酒馆时，门内却人声鼎沸。原来街上的人都在这里了。酒馆的建筑及内部装饰几如几个世纪以前。如果把人们的装束改变一下，让人怀疑自己走进了一幅十七、十八世纪的一幅古典油画。原木的长桌，条凳。条凳上挤满了男男女女。中老年人居多。银发和一张张红彤彤的脸。笑着、喝着、唱着。见到我们，问"客从何处来"？答曰"中国"，一阵欢呼，道"我们这里很少有外国人来，你们怎么能找到这里来"，又是一阵欢笑。是夕也，一变常人道德国人冷漠的印象。我虽不善饮，在这样的夜晚，在这样的地方，也同样沉醉了。

（又附：该古堡1832年有近三万德国各地的人，在此聚会。为现代德国民主思潮的发源地。也因此地靠近法国，受法国大革命及民主思潮影响所致。）

静物花卉

2001 年
68 × 68cm
竹宣纸　水墨

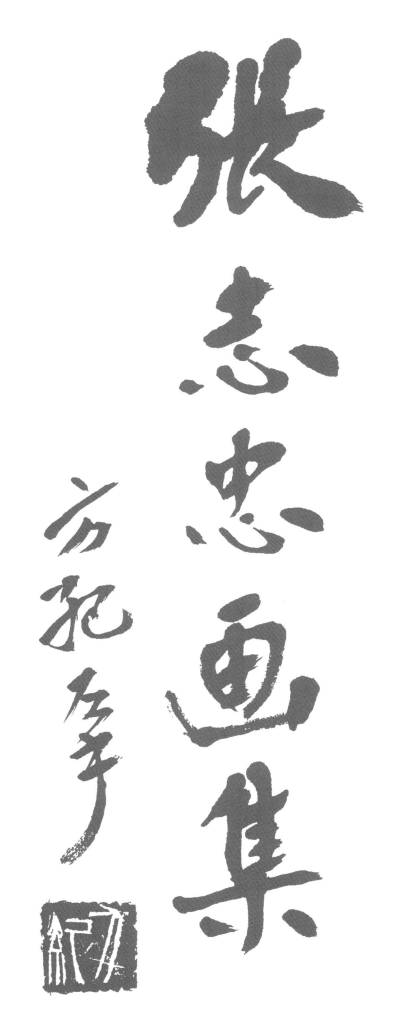

张志忠画集

低语与嘶鸣
——人马系列
_____

2000 年
68 × 68cm
竹宣纸　水墨

低语与嘶鸣
——人马系列

2000 年
68 × 68cm
竹宣纸　水墨

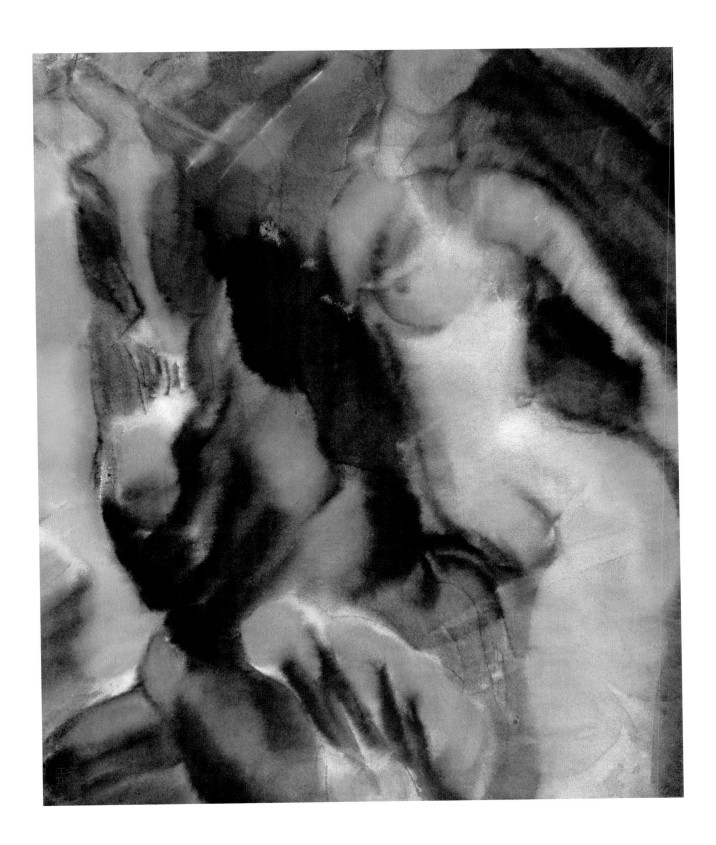

低语与嘶鸣
——人马系列

2001 年
68 × 75cm
竹宣纸　水墨

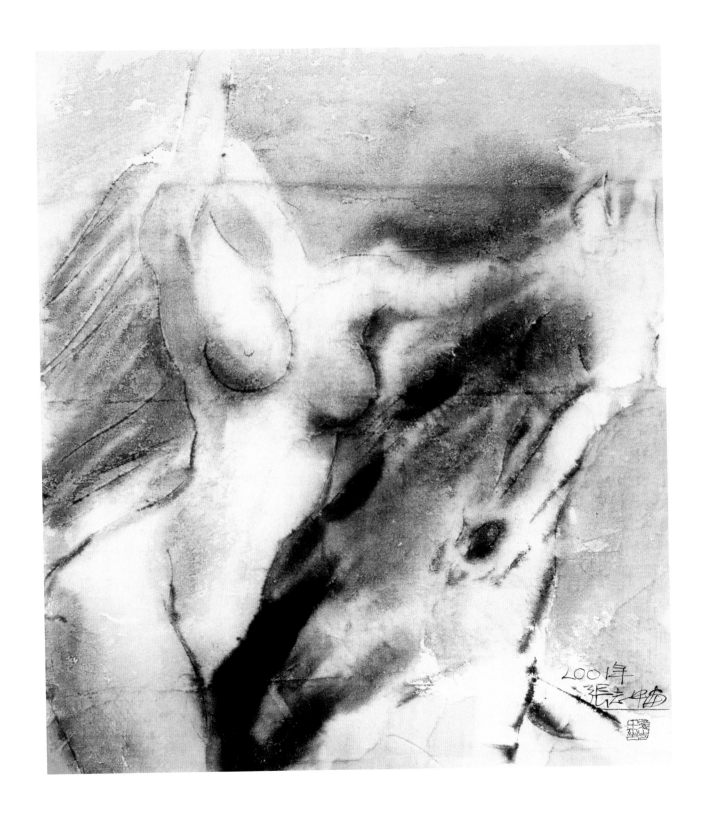

低语与嘶鸣
——人马系列

2001 年
60 × 70cm
竹宣纸　水墨

低语与嘶鸣
——人马系列

1996 年
75 × 130cm
竹宣纸　水墨

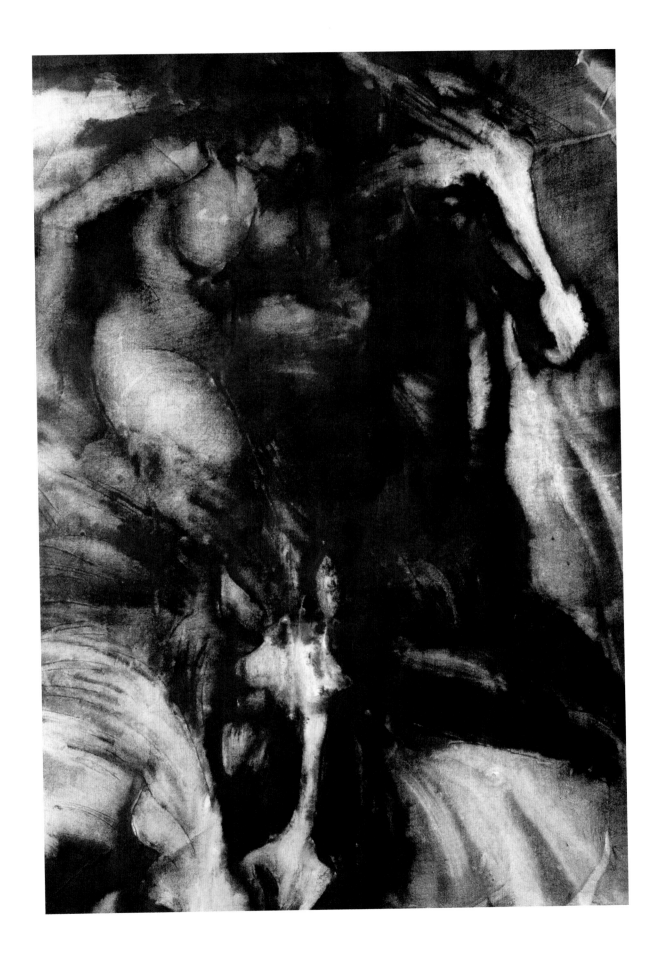

低语与嘶鸣
——人马系列

1996 年
68 × 136cm
竹宣纸　水墨

低语与嘶鸣
——人马系列

1996 年
75 × 130cm
竹宣纸　水墨

低语与嘶鸣
——人马系列

1996 年
68 × 136cm
竹宣纸　水墨

低语与嘶鸣
——人马系列

1996 年
68 × 136cm
竹宣纸　水墨

低语与嘶鸣
——人马系列

1996 年
68 × 136cm
竹宣纸　水墨

低语与嘶鸣
——人马系列

1996 年
68 × 120cm
竹宣纸　水墨

低语与嘶鸣
——人马系列

1996 年
68 × 136cm
竹宣纸　水墨

低语与嘶鸣
——人马系列

1996 年
68 × 136cm
竹宣纸　水墨

張志忠畫集

红楼梦人物系列

2006 年
62 × 136cm
宣纸　水墨

红楼梦人物系列

2006 年
62 × 136cm
宜纸　水墨

红楼梦人物系列

2006 年
62 × 136cm
宣纸　水墨

红楼梦人物系列
（前页作品局部）

2006 年
62 × 136cm
宣纸　水墨

红楼梦人物系列

2006 年
62 × 136cm
宣纸　水墨

红楼梦人物系列

2006 年
62 × 136cm
宣纸　水墨

红楼梦人物系列
（前页作品局部）

2006 年
62 × 136cm
宣纸　水墨

红楼梦人物画
之
探春

忘中造像

红楼梦人物系列

2006 年
62 × 136cm
宣纸　水墨

红楼梦人物系列

2006 年
62 × 136cm
宣纸　水墨

红楼梦人物系列

2006 年
62 × 136cm
宣纸　水墨

红楼梦人物系列
（前页作品局部）

2006 年
62 × 136cm
宣纸　水墨

红楼梦人物系列

2006 年
62 × 136cm
宣纸　水墨

红楼梦人物系列

2006 年
62 × 136cm
宣纸　水墨

红楼梦人物系列
（前页作品局部）

2006 年
62 × 136cm
宣纸　水墨

红楼梦人物系列

2006 年
62 × 136cm
宣纸　水墨

红楼梦人物系列

2006 年
62 × 136cm
宣纸　水墨

93

红楼梦人物系列

2006 年
62 × 136cm
宣纸　水墨

红楼梦人物系列

2006 年
62 × 136cm
宣纸　水墨

庄　子

2004 年
70 × 138cm
竹宣纸　水墨

莊子與惠子遊於濠梁之上莊子曰鯈魚
出游從容是魚之樂也惠子曰子非魚
安知魚之樂莊子曰子非我安知我不
知魚之樂惠子曰我非子固不知子矣
子固非魚也子之不知魚之樂全矣
莊子曰請循其本子曰女安知魚之樂
云者既已知吾知之而問我我知之濠
上也

惠子濠梁之辯有之辛壬畫之

九华烟云

_____

2006 年
34 × 136cm
宣纸　水墨

雪江垂钓

2006 年
34 × 136cm
宣纸　水墨

藏　人

2002 年
68 × 100cm
竹宣纸　水墨

持镰刀的农民

1998 年
68 × 136cm
竹宣纸　水墨

1999.

佩刀的藏族汉子

2002 年
68 × 100cm
竹宣纸　水墨

佩刀的藏族汉子
（前页作品局部）

2002 年
68 × 100cm
竹宣纸　水墨

坐在木椅上的女子

2006 年
68 × 136cm
宣纸　水墨

坐在木椅上的女子
（前页作品局部）

2006 年
68 × 136cm
宣纸　水墨

人物写生

2005 年
68 × 136cm
宣纸　水墨

2005年10月写生
张志t

站立的女服务生

2005 年
68 × 136cm
宣纸　水墨

人物写生

2005 年
68 × 136cm
宣纸　水墨

2005年10月
守生

临窗

2006 年
68 × 136cm
宣纸　水墨

2006年3月8日
张志升写生

课堂写生

2004 年
68 × 136cm
皮纸　水墨

男模特写生

2005 年
68 × 136cm
宣纸　水墨

2005年2月22日
乙酉年正月十四也
此第二次画
老萧也 老田记

男模特写生

2005 年
68 × 136cm
宣纸　水墨

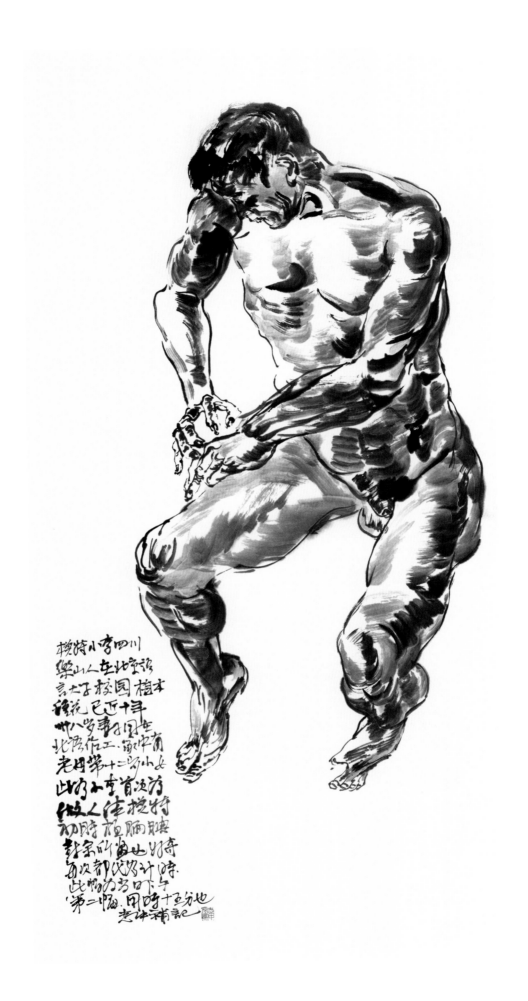

男模特写生

2005 年
68 × 136cm
宣纸　水墨

女模特写生

2005 年
68 × 136cm
宣纸　水墨

二〇〇四年十月四日志中速写

135

笛　声

2005 年
68 × 136cm
宣纸　水墨

137

女模特写生

2005 年
68 × 136cm
宣纸　水墨

女模特写生

2005 年
68 × 136cm
宣纸　水墨

女模特写生

2005 年
68 × 136cm
宣纸　水墨

海滩系列

2006 年
68 × 136cm
宣纸　水墨

2006. 7.
张志一

海滩系列
（前页局部）

2006 年
68 × 136cm
宜纸　水墨

149

海滩系列

2006 年
68 × 136cm
宣纸　水墨

海滩系列

2006 年
68 × 136cm
宣纸　水墨

海滩系列

2006 年
68 × 136cm
宣纸　水墨

海滩系列

2006 年
68 × 136cm
宣纸　水墨

海滩系列

2006 年
68 × 136cm
宣纸　水墨

海滩系列

2006 年
68 × 136cm
宣纸　水墨

161

海滩系列

2006 年
68 × 136cm
宣纸　水墨

海滩系列

2006 年
136 × 136cm
宣纸　水墨

海滩系列

2006 年
68 × 136cm
宣纸　水墨

雨　之一

2006 年
68 × 136cm
宣纸　水墨

雨　之二
2006 年
68 × 136cm
宣纸　水墨

雨　之二
（前页局部）

2006 年
68 × 136cm
宣纸　水墨

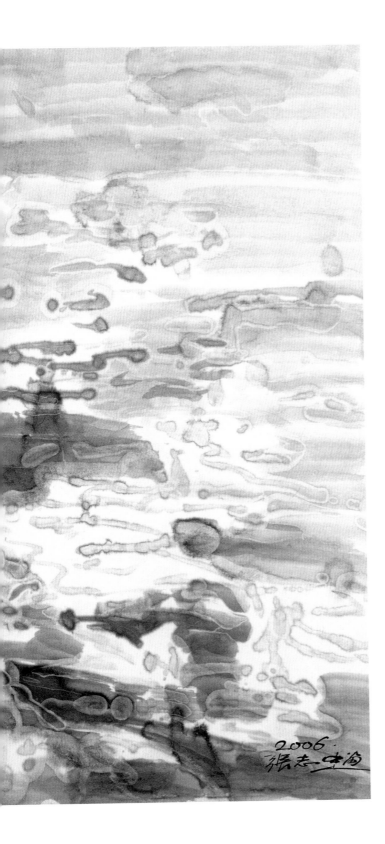

踏浪而来的马（之一）
————
2006 年
130 × 220cm
宣纸　水墨

长城上的马

2005 年
68 × 90cm
宣纸　水墨

踏浪而来的马（之二）

2006 年
130 × 195cm
宣纸　水墨

2006.
張志中畫

若有人兮山之阿
被薜荔兮帶女蘿
既含睇兮又宜笑
子慕予兮善窈窕
乘赤豹兮從文狸
辛夷車兮結桂旗
被石蘭兮帶杜衡
折芳馨兮遺所思
余處幽篁兮終不見天
路險難兮獨後來
表獨立兮山之上
雲容容兮而在下
杳冥冥兮羌晝晦
東風飄兮神靈雨
留靈修兮憺忘歸
歲既晏兮孰華予
采三秀兮于山間
石磊磊兮葛蔓蔓
邰隶原原兮山鬼
乙酉孟暑壼龕

《九歌》之《山鬼》
————
2005 年
138 × 380cm
宣纸　水墨

艺术简历

1966 年　北京　中央美术学院附中毕业
1980 年　北京　中国美术馆第二届"星星美展"参展

1982 年　北京　当代美术馆　三人联展
1984 年　北京　中国美术馆　第六届全国美展参展
　　　　　　作品为北京市美协收藏

1986 年　日本　静冈美术馆　"中国百景展"参展
1986 年　美国　西雅图 DAVIDSON 画廊　"现代中国画展"

1986 年　获文化部中国美协第二届全国连环画二等奖
1987 年　美国　波特兰等城市联展

1988 年　美国　西雅图 DAVIDSON 画廊　个展

1989 年　比利时　布鲁塞尔 ZINZEN 画廊　个展
　　　　　　比利时皇家美院讲学
　　　　　　出版由比利时国家银行赞助画集《张志中·
　　　　　　安东尼奥》
1991 年　韩国　Walker Hill 美术馆　中国画家联展
　　　　　　作品为该美术馆收藏
1992 年　美国　北卡州弗曼大学　个展
1992 年　新加坡　南洋艺术学院　个展
　　　　　　并出版《张志中现代水墨》画集
1995 年　韩国　中、日、韩美术节　参展
　　　　　　中国文联中国美协赴交流展
1995 年　北京　作品参加世界妇女大会活动并为联合国儿童
　　　　　　基金会收藏
1996 年　葡萄牙　波尔图市政厅　中国文化周活动　三人联展

1996 年	北京	中国美术馆中国当代水墨现状展 参展
1997 年	葡萄牙	米尼奥大学应邀访问讲学及画展
1997 年	美国	旧金山"当代中国画名家作品展"参展
1998 年	北京	中国历史博物馆
	上海	上海市图书馆
	广州	广州市展览馆
		光明日报主办 "纪念实践是检验真理的唯一标准二十周年"巡展参展
1999 年	北京	出版《张志中画集》
1999 年	北京	中国美术馆"中国画人物肖像展"参展
1999 年	广州	广州美术馆"第九届全国美展"参展
2000 年	苏州	吴门艺苑 个展
2000 年	北京	全国山水画展 澳门回归展 特邀
		参展 2000 年僵中国画展 特邀
2001 年	北京	首届全国名家扇画展
	青岛	2001 全国中国画展 特邀参展
	新加坡	"艺术之家"画廊个展
	韩国	首尔国立艺术馆 中、日、韩"水墨之香 · 水墨之艺——21 世纪笔 · 墨 · 纸水墨展"
2002 年	德国	美因茨大学讲学 展览
		出版"张志中"画集
2003 年	大连	第二届全国中国画展参展 获优秀奖
2004 年	上海	上海美术馆 中、日、韩、朝四国画家联合展览
2005 年	宁波	宁波美术馆开馆特邀作品参展
2006 年	宜兴	徐悲鸿美术馆个展

现为中国美术家协会会员，北京语言文化大学一级美术师，作品多次在《人民日报》、《人民日报·海外版》、《光明日报》、《江苏画刊》、《新观察》、《文艺报》、《中华儿女》、《中国美术报》、《中国当代美术图鉴》、《艺术潮流》等书刊发表。

张 志 中
ZHANG ZHIZHONG

图书在版编目（CIP）数据

张志中水墨／张志中绘．—北京：文化艺术出版社，2006.9
ISBN 7-5039-3071-3

Ⅰ.张…　Ⅱ.张…　Ⅲ.水墨画－作品集－中国_现代
Ⅳ.J222.7

中国版本图书馆 CIP 数据核字（2006）第 108366 号

张志中水墨

作　　者　张志中

责任编辑　任肖兵

作品摄影　刘铮　阿宝

装帧设计　陈新民　聂崇文

出版发行　文化艺术出版社
　　　　　Culture and Art Publishing House

地　　址　北京市朝阳区惠新北里甲 1 号　　100029

网　　址　www.whyscbs.com

电子邮箱　whysbooks@263.net

电　　话　（010）64813345　64813346（总编室）
　　　　　（010）64813384　64813385（发行部）

经　　销　新华书店

印　　刷　北京雅昌彩色印刷有限公司

版　　次　2006 年 10 月第 1 版
　　　　　2006 年 10 月第 1 次印刷

开　　本　787 × 1092 毫米　1/8

印　　张　23

字　　数　40 千字

书　　号　ISBN 7-5039-3071-3/J·816

定　　价　280 元